KB075128

아침·저녁의 사색

MORNING AND EVENING THOUGHTS

아침·저녁의 사색

제임스 앨런 지음 · 고명선 옮김 · 김미식 그림

도서출판 물푸레

옮긴이 | 고명선

고명선은 서울대학교 심리학과를 졸업하고, 동 대학원에서 종교학 석사 학위를
받았으며, 종교학 박사 과정을 수료했다. 명상요가회 동아리에서 활동하면서부
터 명상에 관심을 갖게 된 이후 지금까지 동서양의 명상 전통을 폭넓게 공부해
왔다. 역서로는『상자 안에 있는 사람, 상자 밖에 있는 사람』,『당신이 어디를 가
든 거기엔 당신이 있다』,『생각하는 모습 그대로 II』가 있다.

그림 | 김미식

김미식은 1958년 여주에서 태어나 자신만의 그림 세계를 열정적으로 펼쳐가고
있으며, 그동안 다수의 개인전과 그룹전을 열었다. 주요 개인전을 보면 2005년
인사아트센터, 2005년 뉴욕 첼시아트센터, 2006년 KBS 등이 있으며 2009년 5월 1
일 일본 동경에서 기획전이 열린다. 또한 도서출판 물푸레와 공동으로 '영국이
낳은 신비의 작가 제임스 앨런과 여류화가 김미식의 현대미술의 만남' 이란 주제
로《제임스 앨런 생각시리즈》를 진행하고 있다.

아침·저녁의 사색

지은이 | 제임스 앨런
옮긴이 | 고명선 그림 | 김미식
펴낸이 | 우문식
펴낸곳 | 도서출판 물푸레

초판 1쇄 인쇄 2009년 3월 10일
초판 1쇄 발행 2009년 3월 15일

등록번호 | 제 1072-25호
등록일자 | 1994년 11월 11일
경기도 안양시 동안구 호계 1동 950-51
TEL | (031) 453-3211, FAX | (031) 458-0097
e-mail | mpr@mulpure.com
homepage | www.mulpure.com

값 5,900원

ISBN 978-89-8110-271-5 04840
ISBN 978-89-8110-261-6 (세트)

차례

제임스 앨런에 대하여

제임스 앨런은 20세기의 '신비의 문인'으로 불린다. 그의 베스트셀러인 고전 『생각하는 그대로*As a man Thinketh*』가 전세계 1,000만 명 이상의 독자들에게 알려졌지만, 정작 이 책의 저자인 그에 대해서는 별로 알려진 게 없다.

제임스 앨런은 1864년 영국 레스터에서 태어났으며 어릴 때 그의 아버지를 따라 미국으로 갔다. 그의 아버지는 유복한 사업가였지만 좋지 않은 경제상황 때문에 1878년 파산했고, 그 다음해 비참하게 살해

당했다. 이러한 가정환경 때문에 제임스 앨런은 15
세 때부터 그의 가족을 위해 일하지 않으면 안 되었
다. 앨런은 결국 결혼했고, 영국 거대기업의 행정을
다루는 개인 서기관이 되었다.

38세에 그는 인생의 갈림길에 도달했다. 톨스토이
의 저작들에 의해 영향받은 앨런은 돈을 벌고 소비
하는 데 모든 것을 바치는 경박한 행위가 의미 없는
삶이라는 것을 깨닫기 시작하였다. 그는 직장에서
은퇴하고, 묵상의 삶을 수행하기 위해 영국 남서부

연안에 있는 작은 시골집으로 이사를 했다. 여기 해안의 골짜기에서 앨런은 그의 스승이었던 톨스토이의 교훈대로 자발적인 빈곤, 영적인 자기 훈련 그리고 검소한 삶을 통해 자신의 꿈을 수행했다.

앨런은 성경 말씀 속에 빛나는 지혜를 마음 깊이 새겼을 뿐 아니라, 동양의 고전에서 많은 깨달음을 얻었다. 글쓰기와 명상, 그리고 소일거리로 정원 가꾸는 일을 하면서 정신적인 삶을 영위할 수 있는 토양을 마련하였다.

전형적인 앨런의 하루는 아침 일찍 일어나고, 한 시간 넘게 명상을 위해 그곳에 머물렀던 바다가 내려다 보이는 절벽을 산책하는 것이었다. 그러한 가운데 눈에 띄지 않는 거미집처럼 그의 영적인 비전은 고양되고, 그가 알려고 하지 않아도 우주의 비밀이 눈앞에 펼쳐졌다. 고요한 이러한 감동들은 내부에 기억되었다. 그는 집으로 돌아온 후에, 종이에 자신이 느낀 단상들을 기록했다. 오후에는 정원을 돌보는 일에 매진했고 저녁에는 고상한 철학적 논점을 논쟁하길 원하는 마을 사람들과의 친교를 나눴다.

10년 동안 앨런은 묵상과 사색적인 삶을 살았고,

그의 저작의 로얄티로부터 나오는 적은 수입으로 생활했다. 그가 48세가 되었을 때, 그는 갑자기 우리 곁을 떠났다. 그는 참으로 미지의 사람이었고, 명성에 의해 훼손당하지 않고, 운명에 의해 좌우되지 않고 그가 원했던 삶의 방식대로 살다 죽었다. 그의 작품은 후에 문학적으로 천재적이고 영적인 것으로 인정받았다. 그러나 이것은 알려지지 않은 영국의 신비주의자가 원하던 길이었다. 그가 죽은 후에 그의 영적인 통찰력은 세계로 전파되었다.

그는 자신의 책 『생각하는 그대로As a man Thinketh』에서 "고결하고 숭고한 인격은 신의 은혜를 입거나 운이 좋아서 생긴 것이 아니다. 올바른 생각을 하려고 끊임없이 노력하고, 신과 같은 숭고한 생각을 소중하게 품어온 대가이다"라고 말하고 있다.

앨런은 다음과 같은 원칙을 깨달았다. 바로 "인간은 자신의 정신으로부터 분리될 수 없다"라는 것이다. 인간의 삶은 자신의 생각으로부터 분리될 수 없다. 마치 빛, 광채, 색상이 서로 분리될 수 없듯이, 정신과 생각은 인간의 삶과 떨어져 생각할 수 없는 것이다. 그러므로 생각을 변화시키면 사람을 변화시킬 수 있다는 결론이 나온다.

앨런의 이와 같이 심오하고 호소력 있는 내용 때문에 이 책은 지금까지 많은 사람들에게 읽혀지고 있으며, 현대 명상 문학의 원조로 알려져 있다. 이 한 권의 책을 읽고 얼마나 많은 이들이 감동받았는지 헤아릴 수 없을 정도이다. 이 책은 영어권 국가만 해도 수십 개의 출판사에서 출판하고 있으며, 그 밖의 나라에서도 번역 출판되고 있다. 이 책의 판매량은 줄잡아 1천만 권이 넘는 것으로 추측된다.

그는 19권의 저서를 남겼다.

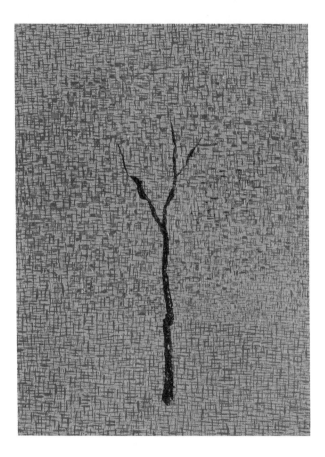

아침, 저녁의 사색

1일 아침

　행복한 삶을 추구할 때, 고려해야 할 그리고 바르게 실행해야 할 가장 간단한 첫 출발은 우리 모두가 매일 하고 있는 것, 즉 하루하루의 시작을 잘하는 것이다. 모든 날은 새로운 삶의 시작으로 간주될 수 있는 의미가 있다. 보다 현명하고 보다 고양된 정신 속에서 새롭게 생각하고 행동하고 살 수 있는, 새로운 삶의 시작으로 모든 날을 맞이할 수 있는 것이다. 하루를 올바르게 시작하면 가정에는 밝고 따뜻한 기운

이 충만하여 명랑함이 깃들 것이고, 그날의 일과 의
무를 강하고 확신 있는 정신으로 수행하게 될 것이
며, 하루 전체를 잘 살게 될 것이다.

1일 저녁

희생이 없이는 아무런 진보도, 성취도 있을 수 없다. 한 인간의 현세적인 성공은 그가 자신의 혼란스럽고 동물적인 생각들을 얼마나 희생했는지, 그리고 자신의 계획을 실현해 나가는 것과 결단력과 자립심을 강화하는 데 얼마나 정신을 집중했는지에 달려 있다. 그리고 생각의 수준을 더 높이 고양시킬수록, 더 용감하고 더 올바르고 더 정의로운 사람이 되며, 더 큰 성공을 이루고, 더 복되고 더 영속적인 성취를 이루게 될 것이다.

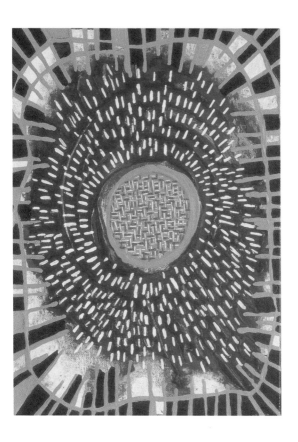

2일 아침

옳은 생각 뒤에는 오직 옳은 행위만 나올 수 있고, 옳은 행위만 하면 오직 옳은 삶이 뒤따르지 않을 수 없으며, 옳은 삶을 영위함으로써 모든 행복이 성취된다.

마음은 삶을 형성하고 만드는 제일원인第一原因이다. 그리고 사람은 마음 그 자체이다.

언제나 생각이라는 도구를 들고 자신이 뜻하는 바를 구체화하면 수많은 기쁨과 수많은 불행을 낳는다.

사람은 남몰래 생각하지만 그 생각은 결국 실현되고 만다.

각자가 처한 환경은 다만 그의 거울일 뿐이다.

2일 저녁

마음의 평온은 지혜의 아름다운 보석들 중 하나이다. 사람은 자신의 존재가 바로 생각이 전개되고 발전한 결과임을 이해하는 정도만큼 마음이 평온해진다. 사람은 올바른 이해력을 계발하여, 인과관계의 작용에 의한 모든 현상의 내적 관계를 점점 더 명확히 보게 될 때, 비로소 애태우고 성질내며 걱정하고 슬퍼하는 일이 없어지고, 침착하며 확고하고 평온한 마음을 변함없이 유지한다.

3일 아침

모든 상황에서 당신 내면의 가장 고귀한 충동을 따르는 것, 언제나 당신 내면의 신성한 자아에 충실하게 사는 것, 양심의 소리와 내면의 빛에 의지하는 것, 그리고 당신의 모든 생각과 노력에 대해 미래에 정당한 갚음이 있을 거라는 사실을 믿으면서 대담하고 편안한 마음으로 당신의 목표를 추구하는 것, 우주의 법칙은 절대로 실수하거나 어긋나는 일이 없다는 것과 따라서 당신의 몫이 당신에게 아주 정확히 돌아오게 됨을 아는 것, 이것이 바로 신앙이며 신앙의 삶이다.

3일 저녁

자신의 일을 철저히 이해하고 그것을 완전히 자신의 것으로 만들어라. 절대적으로 신뢰할 수 있는 안내자인 양심의 소리를 항상 따르면서 앞으로 나아갈 때, 당신은 승승장구할 것이며, 한 걸음씩 보다 높은 곳에 오르게 될 것이고, 당신의 시야는 계속 더 넓어져, 본질적인 아름다움과 인생의 목적이 점차 눈앞에 드러날 것이다.

자신을 정화하라. 그러면 건강이 찾아올 것이다. 극기하라. 그러면 힘이 생길 것이며 당신이 하는 모든 일이 번영할 것이다.

만약 내가 스쳐가는 매 순간마다
사랑과 인내를 굳게 고수하고 결백하게 산다면,
그리고 드높은 고결함에서 결코 벗어나지 않는다면,
건강, 성공, 그리고 능력이 내가 오기를 기다리고
있는 곳에 설 수 있으리.
그리하여 나는 영원한 생명의 나라를 보게 되리라.

4일 아침

혀를 잘 다스리고 현명하게 절제할 때, 이기적인 충동과 무가치한 생각들이 더 이상 자기 목소리를 요구하며 튀어나오지 않을 때, 말이 악의 없고 순수하고 우아하며 친절하고 의미 있을 때, 그리고 모든 말이 성실함과 진실 속에서만 우러나올 때, 그때서야 비로소 덕 있게 말하는 법 5단계가 완성된다. 그때서야 진리의 두 번째 위대한 교훈을 배우고 숙달한 것이다.

그대의 마음을 순수하게 하라.

그러면 그대의 삶이 풍요롭고 유쾌하며 아름다운 것이 될 것이다.

4일 저녁

한 인간이 겸손이라는 옷을 걸치고 나면, 그가 자신에게 던지는 첫 질문은 이런 것들이다. "나는 다른 사람들에게 어떻게 행동하고 있는가?", "나는 지금 다른 사람들에게 무슨 행동을 하고 있는가?", "나는 다른 사람들을 어떻게 생각하고 있는가?", "다른 사람들에 대한 나의 생각과 행동은 이타적인 사랑에 의해 동기부여가 되고 있는가?" 마음을 고요히 가라앉힌 가운데 이런 날카로운 질문을 스스로에게 던지면, 지금까지 어디서 실패했는지를 정확히 알게 될 것이다.

5일 아침

항상 사랑 안에 머물고 모든 존재를 사랑으로 대하는 것이야말로 진정한 삶을 사는 것이며 생명 그 자체를 소유하는 것이다. 선한 사람은 이 사실을 알기에 자기 자신을 사랑의 영靈에게 무조건적으로 넘겨주고, 모든 존재에 대한 사랑 안에 살며 어느 누구와도 다투지 않고 아무도 비난하지 않으며 모든 사람을 사랑한다.

그리스도 정신인 사랑은 모든 죄악에만 종지부를 찍는 것이 아니라 모든 분열과 논쟁에도 종지부를 찍는다.

5일 저녁

죄와 자아를 버릴 때, 마음은 불멸의 기쁨을 회복한다.

기쁨은 자아를 비운 마음에 와서 그 마음을 채운다. 기쁨은 평화를 좋아하는 사람들과 함께 머물며, 기쁨은 마음이 순수한 사람들을 다스린다.

기쁨은 이기적인 사람들을 피한다. 기쁨은 논쟁을 좋아하는 사람들을 떠난다. 기쁨은 마음이 불순한 사람들의 눈에 보이지 않는다.

기쁨은 이기적인 사람과 함께 머물 수 없다. 기쁨은 사랑과 하나로 결부되어 있다.

6일 아침

순수한 마음에는 개인적인 판단이나 증오가 자리를 잡을 여지가 전혀 없다. 왜냐하면 순수한 마음에는 친절과 사랑이 가득 차 흘러넘칠 것이기 때문이다. 순수한 마음은 악한 것을 보지 못한다. 사람은 타인에게서 악한 것을 전혀 보지 못하는 경지에 이르렀을 때, 비로소 죄와 슬픔과 고통으로부터 자유로워질 것이다.

죄를 짓는 마음은 반드시 슬픔을 겪게 된다는 것을,
증오에 찬 마음은 미래에 아무 좋은 열매도 맺지 못해
슬피 울고 굶주리며, 쉬지도 잠들지도 못한다는 것을
사람들이 이해하기만 한다면,
부드러운 마음이 그들의 존재를 가득 채울 것이다.
그들은 연민의 시선으로 다른 사람을 보게 될 것이다,
그들이 이해하기만 한다면.

6일 저녁

진리를 마주 대하며 서는 것, 무수한 방황과 고통 끝에 지혜와 더없는 행복에 이르는 것, 결국 패배하여 버려지는 것이 아니라 내면의 모든 적을 궁극적으로 이기는 것, 이것이 인간의 신성한 운명이고 이것이 인간의 영광스러운 목표이다. 그리고 이것은 모든 성자, 현자, 구세주가 단언한 바이다.

인간은 불평하거나 욕하는 것을 그만두고 자신의 삶을 규제하는 숨겨진 정의를 찾기 시작할 때에야 비로소 인간다운 인간으로 존재하기 시작한다. 그리고 인간은 삶을 규제하는 그 요인에 자기 마음을 순응시켜감에 따라, 자기 처지에 대해 남을 탓하는 일을 그만두고서 강하고 고귀한 생각으로 인격을 도야하게 된다. 즉 환경과 상황에 반항하기를 그만두고 자신의 좀더 빠른 발전을 돕는 도구로서, 그리고 자기 내면의 숨겨진 힘과 가능성을 발견하는 수단으로서 그것들을 이용하기 시작한다.

7일 아침

악을 향한 의지와 선을 향한 의지 둘 다 그대 안에 있다. 그대는 어떤 의지를 쓸 것인가?

그대는 무엇이 옳고 무엇이 그른지 알고 있다. 그대는 어떤 것을 사랑하고 육성할 것인가? 어떤 것을 파괴할 것인가?

그대는 그대의 생각과 행위를 선택하는 주체이다. 그러므로 그대는 자신의 정신적 상태를 창조하는 주체이다. 원하는 존재가 될 수 있는 힘은 그대의 것이다. 그대는 진실과 사랑을 확립하든지 아니면 거짓말을 하고 미워한다.

7일 저녁

예수의 가르침은 우리에게 정의 혹은 올바른 행동이란 전적으로 개개인의 품행의 문제이지 개인의 사고나 행동과는 동떨어진 신비한 어떤 것이 아니라는 단순한 진리를 사람들에게 상기시켜 주었다.

평정심과 인내는 우선 노력을 통해 고요하고 인내심 있는 생각을 파악하여 붙잡고, 그 다음엔 "습관이 제2의 천성이 될 때까지" 끊임없이 그것을 생각하고 그 생각 안에 생활함으로써 자연스러운 습관이 될 수 있다. 그렇게 되면, 분노와 성급함은 영원히 사라진다.

8일 아침

사람의 성공과 실패는 다름 아닌 자기 자신에게 달려 있다. 사람은 생각이라는 무기 공장에서 자기 자신을 파괴할 무기를 만들기도 하고, 기쁨과 힘과 평화라는 천국 같은 마음 상태를 실현하는 데 쓸 도구를 만들기도 한다. 올바른 생각을 선택하여 참되게 적용하면 신적인 완벽함에 이르지만, 그릇된 생각을 선택하여 잘못 적용하면 짐승보다 못한 수준으로 전락한다. 이 양극단 사이에 모든 수준의 인격이 있으며, 사람은 바로 자기 인격을 만드는 당사자이며 주인이다.

사람은 힘과 지성과 사랑의 존재이자 자기 생각의 주인이기에, 모든 상황에 대한 열쇠를 쥐고 있다.

8일 저녁

당신의 마음속 가장 깊은 곳에 품고 있는 모든 생각은 필연적인 반작용의 법칙에 의해 머지않아 당신의 외적인 삶에 그 형상을 만들게 된다.

모든 영혼은 제각기 자신에게 속한 것만을 끌어당기며, 영혼에 이질적인 것은 결코 그 영혼에 도달할 수 없다. 이 점을 깨달으면 신성한 법칙의 보편성을 깨닫게 된다.

만약 당신이 세상을 바로잡고,
모든 악과 불행을 내쫓고 싶다면,
황무지에 꽃이 피게 하고 적막한 불모지가
장미꽃이 만발하듯 번영하게 만들고 싶다면,
먼저 당신 자신을 바로잡으라.

9일 아침

당신의 삶을 고단하게 만드는 조건이 무엇이든 간에, 당신은 자기 정화와 극기라는 변형의 힘을 당신 내면에서 계발하고 이용함으로써 그런 조건을 벗어날 수 있다.

순수한 마음의 신성한 광휘 앞에서는 모든 무지의 어둠이 사라지고 모든 번뇌의 구름이 흩어져 소멸되며, 자기를 이긴 사람은 세상도 이긴 것이다.

극기의 길에 확고히 발을 들여놓은 사람, 신앙의 도움을 받으며 자기 희생의 정도正道를 걷는 사람은 최상의 성공을 확실히 이룰 것이며 풍요롭고 영구적인 기쁨과 행복을 성취하게 될 것이다.

9일 저녁

모든 존재와 사건을 나타나게 하는 원동력은, 보이지 않고 들리지 않으면서도 무엇보다도 강한 생각의 힘이다. 우주는 사고思考에서 생겨났다.

선善의 전능성과 주권에 대한 완전하고 변치 않는 믿음에 당신의 모든 생각을 맞추는 것이, 바로 그 전능한 선과 협력하는 것이고 또한 당신 내면에서 모든 악을 해체하고 파괴하는 것이다.

마음속으로 악을 부인하는 것으로는 충분하지 않다. 매일 실천하고 극복하고 깨달아야 한다. 마음속으로 선을 긍정하는 것만으로는 불충분하다. 확고한 노력으로 선 속에 들어가고 선을 이해해야 한다.

10일 아침

당신이 하는 모든 생각은 밖으로 방출되는 힘이다.

인생길에서 당신이 어떤 처지에 놓여 있든지 간에, 어느 정도의 성공과 유능함, 힘을 갖게 되길 원하기 전에 먼저 당신은 침착함과 평온을 길러 둠으로써 생각의 힘을 집중시키는 방법을 터득해야 한다.

생각의 힘을 고요하고 강력하게 집중시키면 아무리 큰 어려움이라도 무너지게 되어 있으며, 정당한 목적이라면 무엇이든지 영혼의 힘을 지혜롭게 사용하고 다스림으로써 빠르게 실현시킬 수 있다.

좋은 생각들을 하라. 그러면 그것들은 좋은 상황이라는 형태로 당신의 외적인 삶에 빠르게 실현될 것이다.

10일 저녁

그대가 미래에 될 모습과 되고 싶은 모습, 그것을 바로 지금 실현할 수도 있다. 그 이상理想을 성취하지 못하고 있는 것은 당신이 끊임없이 미루고 있기 때문이다. 그리고 성취를 미룰 힘이 있다는 것은, 당신이 성취할 −영구적으로 성취할− 힘도 가지고 있다는 것이다. 이 사실을 깨달아라. 그러면 당신은 오늘, 그리고 매일, 당신이 꿈꾸어 왔던 그 이상적인 존재가 될 것이다.

스스로에게 이렇게 말하라. "나는 이제 내 이상 가운데 살아가리라. 나는 바로 지금 내 이상을 나타내겠다. 나는 바로 지금 내 이상이 되리라. 내 이상으로부터 나를 멀어지게 유혹하는 모든 것에 귀기울이지 않으리라. 오직 내 이상의 목소리에만 귀기울이겠다."

11일 아침

한 송이의 꽃처럼, 감미로움 속에 존재하며 매일 성장하는 것에 만족하라.

만약 그대가 완전한 지식을 얻고자 한다면, 먼저 완전한 사랑의 능력을 갖추도록 하라. 만약 그대가 최고의 경지에 도달하고자 한다면, 사랑하는 마음과 동정심을 끊임없이 함양하라.

모든 것을 희생하면서 선을 선택하는 사람에게는, 모든 것을 포함하면서 모든 것 이상인 것이 주어진다.

11일 저녁

우주의 위대한 법칙은 어느 누구에게도 불공정한 대우를 하는 법이 없다.

인생은 올바르게만 살면 참으로 아름답고 단순하다.

삶의 완전한 단순성을 이해하고 그 법칙에 순종하며, 이기적 욕망의 어두운 길과 복잡한 미로에 빠져들지 않는 사람은 어떤 해악도 미칠 수 없는 곳에 있게 된다.

거기엔 충만한 기쁨, 넘치는 풍요, 풍부하고 완전한 행복이 있다.

12일 아침

모든 인간은 자신의 생각과 행위가 낳은 결과를 거둬들이며, 자신의 잘못된 생각과 행위로 인해 고통을 겪는다.

올바르게 생각하고 행동하며 옳게 사는 사람은 행복한 결과를 기대하거나 추구할 필요가 없다. 복된 결과가 이미 가까이 와 있기 때문이다. 그것은 올바른 생각과 행위의 결과로서 뒤따른다. 그것은 삶의 필연성이자 현실이다.

자기 마음에서 정욕과 미움과 어두운 욕망들을 완전히 몰아낸 사람의 휴식은 달콤하며 그의 행복은 깊고 풍부하다.

12일 저녁

그대는 그대의 그림자를 만드는 당사자이다. 욕망에 빠지면 슬픔을 겪고, 욕망을 포기하면 기뻐하게 될 것이다.

영혼에 관한 모든 아름다운 진실 중에서도, "사람은 자기 생각의 주인이자 성격 형성의 주체이며, 삶의 조건과 환경과 운명을 창조하고 형성하는 당사자"라는 진실만큼 기쁘고 보람된 것은 없다. 그것은 신성한 경지에 이를 수 있다는 희망과 확신을 낳는다.

13일 아침

어둠은 스쳐가는 그림자에 불과한 반면 항상 존재하는 실체는 빛이듯이, 슬픔은 스쳐가는 덧없는 것이지만 기쁨은 영원히 남는다. 참된 것은 그 어떤 것도 사라지거나 소멸될 수 없다. 거짓된 것은 그 어떤 것도 영원히 지속되거나 보존될 수 없다. 슬픔은 거짓이며 따라서 그것은 지속될 수 없다. 기쁨은 진실이며 따라서 그것은 소멸될 수 없다. 기쁨은 잠시 숨겨질 수도 있지만 언제든지 되찾을 수 있다. 슬픔은 일정 기간 동안 머무를 수도 있지만, 초월될 수 있고 흩어 없앨 수 있다.

그대의 슬픔이 계속될 거라고 생각하지 말라. 그것은 구름처럼 사라질 것이다. 죄의 고통이 영원히 그대의 운명이라고 믿지 말라. 죄의 고통은 끔찍한 악몽처럼 사라질 것이다. 깨어나라! 일어나라! 경건하고 즐거운 사람이 되라.

13일 저녁

제거될 필요가 있는 자아의 껍데기가 남아 있는 한 고난과 시련은 계속된다. 낟알과 껍질이 모두 분리되었을 때 탈곡기가 작동을 멈추듯이, 영혼에서 마지막 불순물까지 다 떨어져 나왔을 때, 고난은 그 사명을 다 했으니 더 이상 존재할 필요가 없어지고, 그때서야 비로소 영원한 기쁨이 실현된다.

고통을 가장 잘 이용하는 유일한 방법은 쓸모 없고 불순한 모든 생각을 정화하고 태워 없애는 것이다. 영혼이 순수해지면 모든 고통은 멈춘다. 영혼에서 불순물을 다 제거한 후에는 더 태워 없앨 것이 남아 있지 않기 때문이다.

14일 아침

사람들이 자제심에 대해 오해하는 경우가 많은데, 자제는 본능을 파괴적으로 억압하는 것이 아니라 건설적으로 표현하는 것이다.

사람의 행복과 지혜와 탁월함은 그의 자제심에 비례한다. 반대로 자신의 동물적 본성이 자신의 생각과 행동을 지배하게 내버려 두는 만큼 불쌍하고 어리석고 초라한 존재가 된다.

자기 자신을 지배하는 사람은 자신의 삶, 자신의 환경, 자신의 운명을 지배한다. 그리고 그는 어디를 가든지 자신의 행복을 영구적인 소유물로 지니고 다닌다.

새로운 생활에 앞서 옛 습성의 포기가 우선 이루어져야 한다.

사람들이 방탕, 흥분, 하찮은 쾌락에의 탐닉 속에서 추구하는 영구적인 행복은 이 모든 것을 거꾸로 하는 삶, 즉 자제의 삶 속에서만 발견된다.

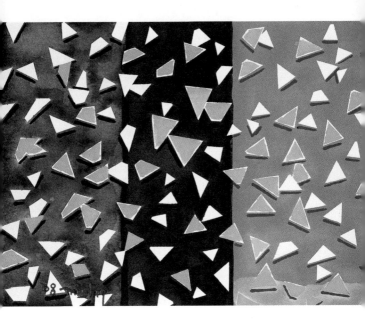

14일 저녁

우주를 지배하는 원리는 불변의 법칙이지 혼돈이 아니다. 불의가 아닌 정의가 삶의 영혼이자 본체이다. 세상을 영적으로 통치하며 세상을 움직이고 형성하는 힘은 부정이 아닌 올바름이다. 그러므로 우주가 정의롭다는 진실을 발견하려면 사람은 자신을 똑바로 세우는 수밖에 없다.

내가 순수해지면, 삶의 신비를 풀게 되리라.
내가 증오와 탐욕과 다툼으로부터 자유로워지면
나는 진리 안에 머물고 진리는 내 안에 머물게 되리라.
내 마음이 순수해질 때,
나는 안전하고 분별력을 지니고 완전히 자유로워지리라.

15일 아침

자신의 증오와 분노가

자신의 평화와 즐거운 만족감을 살해하고

스스로에게 상처를 입히고, 다른 사람을 돕지 못하고

단 한 명의 외로운 형제도 위로하지 못한다는 것을

사람들이 이해하기만 한다면,

어떤 후회도 남기지 않는 좋은 행위라는

더 나은 방법을 추구하리라.

그들이 이해하기만 한다면.

사랑이 어떻게 모든 것을 정복하는지,

사랑의 힘이 얼마나 우세한지,

냉혹한 증오가 얼마나 사람을 괴롭히는지,

동정심이 어떻게 슬픔을 종식시키고 사람을 현명하게

만들며 격정의 고통을 피하는지

사람들이 이해하기만 한다면,

그들은 사랑 안에 영원히 살고 결코 미움 속에 살지 않으

리라.

그들이 이해하기만 한다면.

15일 저녁

예수 그리스도 안에 있던 성덕聖德과 아름다움이라도, 만약 그것들이 당신 안에 없다면, 당신에게 이해될 수 없고 당신에게 아무런 가치도 될 수 없다. 그리고 그것들을 실천하기 전까지는 당신 안에 그것들이 결코 자리잡을 수 없다. 왜냐하면, 실천이라는 문제를 제외하고라도, 선을 구성하는 자질들이 당신에게 아직 존재하지 않을 것이기 때문이다. 예수 그리스도의 성덕을 흠모하는 것은 진리를 향해 상당히 전진한 것이지만, 그런 자질을 실천하는 것은 진리 그 자체이다. 다른 사람의 완벽한 덕을 깊이 흠모하는 사람은 자신의 불완전함에 안주하지 않을 것이며, 그 타인을 닮도록 자기 영혼을 변화시켜 나갈 것이다.

그러므로 예수 그리스도의 신성한 자질을 흠모하는 그대여, 그런 자질을 몸소 실천하라. 그러면 그대 또한 신성한 존재가 될 것이다.

16일 아침

삶이 총체적으로 마음에서 생겨난다는 것을 누군가 깨닫는다면, 그에게는 축복의 길이 열린다. 그때서야 그는 마음을 다스릴 힘과 자신의 이상에 맞게 마음을 변화시킬 힘이 스스로에게 있다는 것을 발견할 것이기 때문이다. 그리하여 그는 극히 탁월한 생각과 행위라는 좁은 길을 강하고 단호한 신념을 갖고 걷기로 결정할 것이다. 그에게는 삶이 아름답고 신성한 것이 된다. 그리고 조만간 그는 모든 악, 혼란, 고통을 날려 버릴 것이다. 자기 마음의 문을 한결같이 부지런히 지키는 사람이 자유, 진리, 평화에 도달하지 못하는 일은 있을 수 없기 때문이다.

16일 저녁

끊임없이 자아를 극복하는 과정에서, 인간은 자기 마음의 미묘하고 복잡한 작용에 대한 지식을 얻는다. 인간이 평정심 가운데 안주할 수 있게 해 주는 것은 바로 이 신성한 지식이다.

자기 마음에 대한 이해가 없으면 지속적인 마음의 평화가 있을 수 없으며, 격렬한 격정에 좌우되는 사람은 평온함이 충만한 신성한 경지에 다가갈 수 없다. 나약한 사람이란 사나운 말에 올라타서 그 말이 자기를 태우고 마음대로 가도록 내버려 두는 사람과 같다. 강한 사람이란 말에 올라타서 능숙한 솜씨로 말을 제어하고 자신이 명령하는 방향과 속도로 말이 움직이도록 만드는 사람과 같다.

17일 아침

하나님 나라에는 투쟁과 이기심이 전혀 없으며, 거기에는 완전한 조화와 균형과 안식이 있을 뿐이다.

사랑의 나라에서 살고 있는 사람들은 그들의 모든 필요를 사랑의 법칙을 통해 충족시킨다.

자아가 모든 투쟁과 고통의 근본 원인이듯, 사랑은 모든 평화와 행복의 근본 원인이다.

하나님 나라에서 안식하고 있는 사람들은 외적인 소유물로 행복을 추구하지 않는다. 그들은 모든 근심과 걱정에서 자유롭고, 사랑 안에 안식하기에 행복의 화신으로 살아간다.

17일 저녁

그렇다고 해서 하나님 나라에 살고 있는 사람들이 안일하고 게으르게 산다고 생각하지는 말라. —이 두 가지 죄는 하나님 나라를 찾기 시작할 때 가장 먼저 근절해야 할 것들이다.— 그들은 평화롭게 활동하며 살아간다. 사실은, 오직 그들만이 참으로 살고 있다고 말할 수 있다. 걱정과 슬픔, 두려움의 연속인 자아의 삶은 진정한 삶이 아니기 때문이다.

하느님 나라에 사는 사람들에 대해서는 그들의 생활을 보면 알 수 있다. 그들은 모든 상황과 인생의 변천 과정에서 '사랑, 기쁨, 평화, 인내, 친절, 선량함, 신의, 온유함, 절제, 자제'와 같은 영靈의 열매들을 나타낸다.

18일 아침

예수 그리스도의 복음은 삶과 행함의 복음이다. 만약 그렇지 않다면 그 복음은 영원한 진리를 말한 것이 아닐 것이다. 그 복음의 신전神殿은 정화된 행위이며, 그 입구는 자아포기이다. 그리스도의 복음은 인간이 죄를 떨쳐 버리도록 권유하며 그 결과로서 기쁨과 행복과 완전한 평화를 약속한다.

천국은 완전한 신뢰, 완전한 인식, 완전한 평화이다. 그러나 어떠한 죄도 그곳에 들어갈 수 없다. 자아에서 비롯된 생각이나 행동은 천국의 황금빛 대문을 통과할 수 없으며, 어떠한 불순한 욕망도 천국의 찬란한 의복을 더럽힐 수 없다. 원하는 사람은 누구나 천국에 들어갈 수 있지만, 누구나 그 대가를 치러야 한다. 그것은 바로 자아를 무조건 포기하는 것이다.

18일 저녁

　상황은 단지 당신 스스로 허용할 경우에만 당신에게 영향을 끼칠 수 있다. 나는 이 말이 진실임을 안다. 당신은 생각의 본질, 효용, 힘을 올바로 이해하지 않고 있기 때문에 상황에 좌우되는 것이다. 당신은 외부 상황이 당신의 삶을 성공으로 이끌거나 망치게 하는 힘이 있다고 믿는다(그리고 믿음이라는 이 단어 하나에 따라 우리들의 모든 슬픔과 기쁨이 결정된다). 그렇게 믿음으로써 당신은 외부 상황에 굴복하고, 외부 환경이 당신을 절대적으로 조종하는 주인이며 당신은 노예라고 스스로 인정하고 있다. 또한 그렇게 믿음으로써 당신은 아무런 힘도 없는 외부 상황에 힘을 부여한다. 그런데 당신이 굴복하는 대상은 실은, 상황 그 자체가 아니라 당신의 정신세계가 외부 상황에 투사한 우울함이나 기쁨, 두려움이나 희망, 장점이나 약점이다.

19일 아침

만약 당신이 사후에 존재하는 더 행복한 세계를 간절히 바라고 기대하는 사람들 중 한 명이라면, 당신을 위한 기쁜 소식이 여기 있다. 즉 당신은 바로 지금 그 행복의 세계에 들어가서 그 세계를 실감할 수도 있다. 그 행복의 세계는 온 우주를 채우고 있고, 당신 안에 있으며, 당신이 찾아서 인정해 주고 소유해 주길 기다리고 있다.

존재의 내적인 법칙을 알았던 사람은 이렇게 말했다. "사람들이 여기로 오라 저기로 오라 말할 때, 그 뒤를 쫓아가지 말라. 하나님 나라는 네 안에 있다."

19일 저녁

천국과 지옥은 마음의 상태이다. 자아와 모든 이기적 욕망에 빠져들라. 그러면 당신은 지옥에 빠져들 것이다. 그 의식 상태를 초월하여 자아를 전적으로 부정하고 잊으라. 그러면 천국에 들어설 것이다.

사사로운 행복만을 이기적으로 계속 추구하는 동안에는, 행복이 당신에게서 멀어질 것이며 당신은 본의 아니게 불행의 씨앗들을 뿌리고 있을 것이다. 반면에 당신이 다른 이들을 위해 봉사하는 가운데 자아를 잃는다면, 그만큼의 기쁨이 당신을 찾아올 것이며, 머지않아 당신은 행복이라는 수확을 거둬들이게 될 것이다.

20일 아침

동정심을 베푸는 것은 결코 헛되이 낭비된 것일 수 없다.

동정심의 한 측면은, 괴로워하거나 고통에 짓눌린 사람들을 대할 때 그들의 고통을 덜어 주거나 도와주려는 욕구를 갖는 연민이다. 세상은 이런 성스러운 자질을 더 많이 필요로 한다.

"연민은 약한 자에게 세상을 부드럽게 만들어 주고, 강한 자에게는 세상을 고귀한 것으로 만들어 주기 때문이다."

동정심의 다른 한 형태는, 우리 자신보다 더 성공적인 사람들을 대할 때 그들의 성공이 우리 자신의 성공인 것처럼 함께 기뻐하는 것이다.

20일 저녁

친구들과의 교제, 쾌락, 그리고 물질적 안락은 달콤하기는 하지만, 그것들은 변하고 사라져 간다. 순수성, 지혜, 진리에 대한 앎이 더 달콤하며, 이것들은 결코 변하거나 사라지는 법이 없다.

영적인 것들을 소유하게 된 사람은 자신의 행복의 원천을 결코 빼앗길 수 없다. 그는 행복의 원천과 이별할 가능성이 없다. 그리고 그는 전 우주의 어디를 가든 자신의 영적 재산을 지니고 다닐 것이다. 그런 사람의 영적인 목표는 기쁨의 충만일 것이다.

21일 아침

당신이 모든 증오, 격정, 비난에서 벗어나 온 세상을 사려 깊은 애정으로 껴안을 때까지, 한없이 넓어지는 사랑으로 당신의 마음이 자라나고 확장되게 하라. 꽃이 아침의 햇빛을 받아들이기 위해 꽃잎을 펴듯이, 당신의 영혼이 진리의 영광스러운 빛을 더욱 더 많이 받아들이도록 마음을 열라. 열망의 날개를 타고 위로 높이 솟아올라라. 아무것도 겁내지 말고 가장 고귀한 가능성을 믿으라.

21일 저녁

마음은 스스로 만든 옷을 입는다.

마음은 삶을 조정하는 주체이다. 마음은 외적인 상황을 창조하고 형성하며, 그 결과를 수용하는 당사자이다. 마음은 진실을 인식하는 힘과 환상을 만드는 힘, 둘 다 포함하고 있다.

마음은 운명이라는 옷감을 짜는 확실한 당사자이다. 생각은 실이며 좋은 행위와 나쁜 행위는 날줄과 씨줄이고, 인생이라는 베틀 위에 짜여진 직물은 인격이다.

그대의 마음을 순수하게 하라. 그러면 그대의 삶은 투쟁으로 훼손되는 일 없이, 풍요롭고 감미로우며 아름다운 것이 될 것이다.

22일 아침

당신의 비전을 소중히 간직하라. 당신의 이상을 소중히 간직하라. 당신의 가슴 속에서 울려 퍼지는 음악을, 당신의 정신 속에서 형성된 미를, 당신의 가장 순수한 생각들을 감싸고 있는 사랑스러움을 소중히 간직하라. 모든 즐거운 상황과 모든 천국 같은 환경이 그것들로부터 자라날 것이며, 당신이 그것들에 대해 성실성을 지킨다면, 당신의 세계는 결국 그것들을 재료로 해서 만들어질 것이다

그대의 마음을 잘 보호하여 고귀하고 강하며 자유로운 존재가 되라.

그러면 그 어떤 것도 그대를 해치거나 방해하거나 정복하지 못하리라.

그대의 모든 적은 그대의 마음과 정신 속에 있기 때문이다.

그대는 마음과 정신 속에서 그대의 구원도 발견하게 될 것이다.

22일 저녁

숭고한 꿈을 꾸어라, 그러면 당신은 바라는 모습대로 될 것이다. 당신의 비전은 언젠가 이루어질 당신의 모습에 대한 약속이며, 당신의 이상은 마침내 드러날 당신의 모습에 대한 예언이다.

인류의 가장 위대한 업적도 처음에는 그리고 한동안은 꿈이었다. 참나무가 도토리 안에서 잠자고 있고 새는 알 속에서 부화를 기다리듯이, 영혼의 가장 높은 비전 안에서는 활짝 깨어 있는 천사가 활동하고 있다.

지금의 처지가 당신의 성미에 맞지 않을 수도 있지만, 당신이 자신의 이상을 깨닫고 거기에 도달하려고 애쓴다면 그런 상황은 오래 계속되지 않을 것이다.

23일 아침

의심과 두려움을 정복한 사람은 실패를 정복한 사람이다. 그의 모든 생각은 힘과 결합되어 있어서, 그는 모든 난관을 용감하게 대처하여 지혜롭게 극복한다. 이런 사람의 목적은 제때에 파종되어 꽃을 피우고, 익기도 전에 땅에 떨어지는 일 없이 풍성한 열매를 맺는다.

생각이 두려움 없이 목적과 결합하면 창조적인 힘이 된다. 이것을 아는 사람은 흔들리는 생각과 동요하는 감정 덩어리 이상의 좀 더 고귀하고 강한 존재가 될 준비를 갖춘 상태이다. 생각과 목적을 두려움 없이 결합시킨 자는 자신의 정신력을 지혜롭게 의식적으로 제어하고 사용하는 사람이 된다.

23일 저녁

우주에서 인간의 진정한 위치는 노예가 아닌 왕의 자리이다. 악의 영역에서 무기력하게 이용당하는 도구가 아닌, 선의 법칙을 따르는 지휘자가 인간의 진정한 본분이다.

나는 어린이가 아닌 어른을 위해, 즉 배우기를 열망하고 성취하는 것에 진지한 사람들, -세상의 선을 위해- 사소한 개인적 방종, 이기적 욕구, 비열한 생각들을 떨쳐 버리고, 마치 그것들이 존재하지 않는 것처럼, 갈망이나 후회 없이 살아가려는 사람들을 위해 글을 쓴다.

인간은 주인이다. 만약 그렇지 않다면,
우주의 법칙에 거역해서 행동할 수도 없을 것이다.
악과 나약함은 자기 파괴적인 것이다.
우주는 선과 힘을 갖추고 있으며,
우주는 선한 사람과 강한 사람을 보호한다.
화를 잘 내는 사람은 약한 사람이다.

24일 아침

학식이 있다고 해서 악을 이기는 것은 아니다. 많이 연구한다고 해서 죄와 슬픔을 극복하는 것은 아니다. 오직 자기 자신을 이겨야만 악을 이길 수 있다. 올바른 생각과 행위를 실천해야만 슬픔에 종지부를 찍게 된다.

승리한 삶은 똑똑한 사람, 학식이 있는 사람, 자신감 넘치는 사람의 것이 아니다. 그것은 마음이 순수한 사람, 덕스럽고 현명한 사람의 것이다. 전자에 속하는 사람은 삶에서 어떤 특정한 분야의 성공을 이룬다. 그러나 후자에 속하는 사람만이 위대한 성공을 이루며, 외관상 패배한 것으로 보이는 순간마저도 나중에 더해질 승리로 빛나는 그런 완전하고 무적인 성공을 이룬다.

24일 저녁

진정한 침묵은 혀를 침묵시키는 것이 아니라, 정신이 침묵하는 것이다. 마음이 불안하고 짜증을 느끼는 가운데 단지 혀만 침묵시키는 것은 나약함을 고치는 방책이 될 수 없으며, 힘의 근원이 될 수도 없다. 강해지기 위해서는 침묵을 지키는 것이 정신 전체를 감싸야 하며 마음의 구석구석에 속속들이 스며들어야 한다. 그 침묵은 평화의 침묵이 되어야 한다. 이러한 넓고 깊고 영구적인 침묵에 도달하는 것은, 오직 자기 자신을 이겨야만 가능한 일이다.

25일 아침

인간은 자기 혀를 제어함으로써 자제심을 획득한다.

어리석은 이는 실없이 지껄이고 잡담하며 논쟁하고 말싸움을 한다. 바보는 남과 토론할 때 자신이 상대의 논리를 제압하여 꼼짝 못하게 했다는 사실을 자랑한다. 그는 자신의 어리석음을 크게 기뻐하며, 언제나 방어적이고, 유익하지 않은 여러 일에 자신의 에너지를 낭비한다. 그는 불모의 땅을 계속 일구고 거기에 헛되이 씨 뿌리는 농부와 같다.

현명한 사람은 무의미한 말, 잡담, 헛된 논쟁, 그리고 자기 방어를 피한다. 그는 외관상 패배하는 것에 불만을 갖지 않으며, 자신이 패배했을 때도 기뻐한다. 자신의 잘못 하나를 또 발견하고 제거하게 되었으니 그것으로 좀더 현명해졌음을 알기 때문이다.

대화 가운데 상대보다 우월한 위치를 차지하려 애쓰지 않는 이는 복되다.

25일 저녁

　욕망은 소유에 대한 갈망이다. 반면 열망이란 평화에 대한 마음의 갈망이다. 물질적인 것에 대한 갈망은 인간을 점점 더 평화로부터 멀어지게 만들고, 결국 상실과 궁핍에 이르게 될 뿐만 아니라 그 자체로 영구적인 결핍의 상태이다. 그 갈망이 끝날 때까지는 안식과 만족이 불가능하다. 물질적인 것에 대한 갈망은 결코 만족될 수 없다. 그러나 평화에 대한 갈망은 만족될 수 있으며, 그 만족은 모든 이기적 욕망을 포기할 때 이루어지며 다시 잃어버릴 염려 없이 완전히 성취된다. 그러면 충만한 기쁨, 넘치는 풍요, 풍부하고 완전한 행복이 실현된다.

26일 아침

인간은 자기 자신을 정화함으로써 하나님의 나라에 도달하게 되며, 자기 정화는 자기 반성과 자기 분석의 과정을 통해서만 가능하다. 이기심을 제거하려면 먼저 그것을 발견하고 이해해야 한다. 이기심은 스스로를 없앨 힘이 없으며, 저절로 사라지지도 않을 것이다.

어둠은 빛이 들어올 때만 사라진다. 마찬가지로 무지는 지식에 의해서만 없어질 수 있고, 이기심은 사랑에 의해서만 없어질 수 있다.

자아 ─자신의 신성한 자아─ 를 찾으려는 사람은 무엇보다도 먼저 자아 ─자신의 이기적 자아─ 를 기꺼이 버려야만 한다. 그는 이기심이 집착할 가치가 없다는 것을, 이기심은 그의 봉사를 받을 가치가 전혀 없는 주인이라는 것을, 신성한 선만이 삶의 최고 주인으로서 그의 마음속에서 왕좌를 차지할 가치가 있다는 것을 깨달아야 한다.

26일 저녁

침묵하라, 나의 영혼soul이여,

그리고 평화가 내면에 있음을 알라.

굳세어라, 나의 마음heart이여,

그리고 신성한 힘이 네게 있음을 자각하라.

혼란에서 벗어나라, 나의 정신mind이여,

그러면 영원한 안식을 찾게 될 것이다.

마음의 평화를 찾으려는 사람은 평화의 정신을 실천해야 한다. 사랑을 찾으려는 사람은 사랑의 정신 속에 머물러야 한다. 고통을 피하려는 사람은 다른 사람에게 고통을 주지 말아야 한다. 인류를 위해 고귀한 일들을 하려는 사람은 자기 자신을 위해 야비한 짓을 하는 것을 그만둬야 한다. 자기 영혼의 잠재력을 계발하기만 한다면, 인간은 하고자 하는 모든 것을 이룩하는 데 필요한 모든 자원을 영혼 속에서 발견하게 될 것이며, 하고자 하는 모든 것을 안전하게 그 위에 이룩할 견고한 중심 기반도 영혼 속에서 발견하게 될 것이다.

27일 아침

사람들은 많은 교제를 추구하고 새로운 흥밋거리를 찾아다니지만 평화에 대해서는 잘 알지 못하고 있다. 사람들은 여러 가지 쾌락 속에서 행복을 찾지만 마음의 안정을 얻지는 못하고 있다. 사람들은 갖가지 다양한 웃음과 열광적인 흥분을 통해 기쁨과 삶을 찾아 방황하지만 쓰라린 눈물을 수없이 흘리며, 또한 죽음을 피하지 못한다.

개인적인 욕망을 추구하면서 삶의 바다에서 표류하다가, 사람들은 삶의 폭풍우에 휘말리게 되며 갖가지 소동과 많은 상실을 겪은 뒤에야, 피난의 반석인 그리스도에게 날아간다. 그 반석은 인간 영혼의 깊은 침묵 속에 있다.

27일 저녁

신성한 실재實在에 초점을 둔 명상은 기도의 본질이자 생명이다. 그것은 영혼이 하나님을 향해 조용히 다가가는 행위이다.

명상이란 어떤 생각이나 주제에 대해, 그것을 철저히 이해하겠다는 목적을 가지고, 마음속으로 아주 깊이 생각하는 것이다. 그런데 당신이 자신에 대해 어떤 주제를 가지고 끊임없이 명상을 하면 그것이 무엇이든 간에 결국 이해하게 될 뿐만 아니라 당신은 점점 더 그것과 비슷하게 닮아질 것이다. 왜냐하면 그 생각이 당신의 존재 안에 합쳐질 것이고, 사실은, 바로 당신 자신이 될 것이기 때문이다. 그러므로 이기적이고 타락한 생각을 계속해서 하는 사람은 결국 이기적이고 타락한 존재가 된다. 또한 순수하고 이타적인 생각을 끊임없이 하는 사람이라면 틀림없이 순수하고 이타적인 존재가 된다.

28일 아침

고요하고 강력하게 생각을 집중시키면 아무리 큰 어려움이라도 해결되기 마련이다. 그리고 자신의 정신력을 현명하게 사용하고 다스린다면, 정당한 목표는 무엇이나 신속하게 실현할 수 있다.

그대의 맡은 일이 무엇이든, 그대의 온 정신을 거기에 집중시켜라. 그대의 온 힘을 거기에 쏟아 붓도록 하라. 작은 일들을 흠잡을 데 없이 완성하면 좀 더 큰 일을 반드시 맡게 된다. 서두름 없이 꾸준히 노력함으로써 향상하도록 하라. 그러면 그대는 결코 넘어지지 않을 것이다.

28일 저녁

모든 존재의 중심에 사랑이 있다는 것을 알고, 모든 것을 충족시키는 그 사랑의 힘을 깨달은 사람은 마음속에 비난이 자리잡을 여지가 없다.

만약 당신이 어떤 사람을 사랑하고 칭찬하다가, 그가 어떤 식으로든 당신을 훼방하거나 당신이 찬성하지 않는 행위를 할 경우엔 그를 싫어하고 헐뜯는다면, 당신은 신의 사랑에 지배되고 있지 않은 것이다. 만약 당신이 마음속으로 다른 이들을 끊임없이 책망하고 비난하고 있다면, 사심 없는 사랑은 당신에게 이해되지 않는다.

강하고 편견 없고 온화한 생각을 하도록 당신의 정신을 훈련하라. 순수성과 동정심을 갖도록 당신의 마음을 훈련하라. 침묵을 잘 지키고, 진실하고 흠 없는 말을 하도록 당신의 혀를 훈련하라. 그렇게 하면 당신은 신성함과 평화의 길로 들어서게 되며, 불멸의 사랑을 결국 깨닫게 될 것이다.

29일 아침

진정한 번영을 실현하고자 한다면, 다른 많은 사람들이 그랬던 것처럼, 당신이 올바르게 일을 하면 모든 일이 잘못 될 거라는 고정관념에 빠지지 말라. '경쟁'이란 단어가, 정의를 최고의 덕목으로 생각하는 당신의 믿음을 흔들지 못하게 하라. 나는 '경쟁의 법칙'에 대해 사람들이 어떤 말을 하든 개의치 않는다. 세상에는 불변의 법칙이 있다. 이 법칙은 정의로운 사람의 마음과 인생에서 언젠가는 경쟁의 법칙을 모두 몰아내고 말 것이다. 이 불변의 법칙을 알게 된 후로, 나는 모든 부정직한 행위를 평온한 마음으로 지켜 볼 수 있다. 그런 행위가 어디서 확실한 파멸을 맞게 될지 알기 때문이다.

어떤 상황에서든 당신이 옳다고 믿는 것을 실천하라. 그리고 세상을 지탱하는 불변의 법칙을, 우주에 내재하는 신성한 힘을 신뢰하라. 그러면 그 힘은 절대로 당신을 버리지 않을 것이며, 항상 당신을 보호할 것이다.

29일 저녁

다른 이의 슬픔에 공감하고 그들을 돕는 가운데 자신을 완전히 잊으라. 그러면 성스러운 행복이 당신을 모든 슬픔과 고통에서 해방시킬 것이다. "우선 좋은 생각을 갖고, 그 다음엔 좋은 말을 하고, 그리고 나서 좋은 행동을 함으로써 나는 천국에 들어갔다." 당신 역시 똑같은 과정으로 천국에 들어갈 수 있다.

다른 사람들의 번영에 마음을 쓰는 가운데 자아를 잃어버려라. 당신의 모든 행위 중에 자아를 잊으라. 그것이 풍요로운 행복의 비결이다. 이기심이 발동하지 않도록 항상 경계하라. 마음에서 우러나온 희생이라는 성스러운 교훈을 충실히 배우라. 그럼으로써 당신은 행복의 최정상에 올라 영원한 생명의 빛나는 옷을 입고 우주적 기쁨의 찬란한 빛 속에 항상 머물게 될 것이다.

30일 아침

농부는 자기 땅을 갈아서 거기에 씨앗을 심고 나면, 그는 자신이 할 수 있는 모든 일이 끝났다는 것과, 이제부터는 자연의 힘을 신뢰해야 하고 수확의 계절이 오기까지 시간의 흐름을 참을성 있게 기다려야 한다는 것, 그리고 자기가 아무리 기대해 봐야 결과에 영향을 미칠 수 없다는 것을 알고 있다. 마찬가지로 진리를 깨달은 사람은 결과에 대한 기대를 전혀 하지 않고, 선, 순수, 사랑과 평화의 씨를 뿌리는 사람으로 살아간다. 그는 적당한 때에 결실을 맺게 하는 위대한 법칙이 모든 것을 지배하고 있다는 것과 그 법칙은 보존의 근원이자 파괴의 근원임을 알고 있다.

30일 저녁

덕 있는 사람들은 자기 자신을 조사하고 점검하며, 자신의 격정과 감정을 감시한다. 이런 방법으로 그들은 자제력을 얻고 점차 평정심을 획득한다. 그리고 이와 더불어 영향력, 능력, 탁월함, 지속적인 기쁨, 충만하고 완전한 삶도 성취한다.

자기 자신을 이기는 사람, 보다 큰 자각과 보다 큰 자제력, 그리고 보다 깊은 평정심을 얻기 위해 날마다 노력하는 사람만이 평화를 발견한다.

고요한 마음이 있는 곳에 힘과 안정이 있고 거기에 사랑과 지혜가 있다. 그곳엔 자아에 대항해서 무수한 싸움을 성공적으로 수행한 사람이 있다. 그는 자신의 약점들을 극복하기 위해 오랫동안 남몰래 애써 노력하여 마침내 승리한 사람이다.

31일 아침

우리가 누군가에게 동정심을 주면 우리 자신의 마음에서 동정심의 크기가 더 커지며 우리의 삶은 더 풍부해지고 비옥해진다. 다른 사람에게 준 동정심은 받는 이에게 축복이며, 억누른 동정심은 받을 사람의 경우 축복의 상실이다. 인간은 자신의 동정심을 증대하고 확대하는 정도만큼 이상적인 삶과 완전한 행복에 더 가까이 접근한다. 그리고 냉혹하고 모진 생각이나 잔인한 생각이 침투해서 마음을 불변의 유쾌함으로부터 벗어나게 하는 일이 절대로 없을 정도로 마음이 원숙해질 때, 참으로 그때서야 인간은 풍요롭고 신성한 축복을 누린다.

31일 저녁

자기 마음이 정욕과 증오와 어두운 욕망으로부터 자유로워진 사람은 감미로운 휴식과 심오한 행복을 누린다. 그리고 마음속에 쓰라린 생각의 그림자가 전혀 남아 있지 않고, 무한한 동정심과 사랑으로 세상을 바라보는 사람은 어떤 예외나 구별도 두지 않고, "살아있는 모든 존재에게 평화를" 기원하는 축복의 숨결을 마음속 가장 깊은 곳에서 호흡할 수 있다. 그런 사람은 절대로 빼앗길 수 없는 행복한 결말에 도달한다. 바로 이것이 삶의 완성이요 평화의 충만이며 완전한 행복의 달성이기 때문이다.